ATÉ QUE PASSE UM FURACÃO

Até que passe um furacão

Margarita García Robayo

Tradução de
Silvia Massimini Felix

Copyright © Margarita García Robayo, 2014.
© Moinhos, 2022.

Edição: Camila Araujo & Nathan Matos
Revisão: Kércia Falconeri Felipe e Mika Andrade
Tradução: Silvia Massimini Felix
Capa: Sergio Ricardo
Projeto Gráfico e Diagramação: Isabela Brandão

*Nesta edição, respeitou-se o Novo Acordo
Ortográfico da Língua Portuguesa.*

Dados Internacionais de Catalogação na
Publicação (CIP) de acordo com ISBD
R629a
Robayo, Margarita García
Até que passe um furacão / Margarita García Robayo.
Belo Horizonte, MG : Moinhos, 2022.
64 p. ; 14cm x 21cm.
ISBN: 978-65-5681-115-4
1. Literatura colombiana. 2. Romance. I. Título.
2022-1699
CDD 868.9936
CDU 831.134.2(862)

Todos os direitos desta edição reservados à Editora Moinhos
www.editoramoinhos.com.br
contato@editoramoinhos.com.br
Facebook.com/EditoraMoinhos
Twitter.com/EditoraMoinhos
Instagram.com/EditoraMoinhos

Blow, blow, thou winter wind...

William Shakespeare
As You Like It
Act II, scene VII

1

O lado bom e o lado ruim de morar de frente para o mar é exatamente o mesmo: o mundo acaba no horizonte, ou seja, o mundo nunca acaba. E a gente sempre espera muito. Primeiro a gente espera que tudo que está esperando algum dia chegue num barco, e quando se dá conta de que não vai chegar nada, percebe que é você que tem de ir procurar. Eu odiava minha cidade porque era muito bonita e ao mesmo tempo muito feia, e eu estava no meio. O meio era o pior lugar para estar: quase ninguém saía do meio, no meio viviam as pessoas sem salvação; no meio, você não era tão pobre a ponto de se resignar a ser pobre para sempre, então passava a vida tentando melhorar de condição e se redimir. Quando todas as tentativas falhavam — era o que costumava acontecer —, a autoconsciência desaparecia, e naquele ponto já estava tudo perdido. Minha família, por exemplo, não tinha autoconsciência. Eles tinham fórmulas para se esquivar, para olhar tudo de cima, de longe, no seu pedestal de fumaça. E em geral conseguiam.

Meu pai era um cara bastante inútil: passava o dia inteiro tentando resolver coisas insignificantes que lhe pareciam importantíssimas para que o mundo seguisse seu curso; coisas como fazer que nossos dois táxis rendessem mais e vigiar para que os motoristas não o roubassem. Mas eles sempre o roubavam. Seu amigo Félix, que dirigia o furgãozinho de uma farmácia, vinha com os fuxicos: eu vi aquele parasita que dirige seu táxi... Onde? Lá na Santander, pra cima e pra baixo com uma putinha. Meu pai despedia e contratava motoristas dia sim, dia não, e isso lhe servia: primeiro, para que se sentisse poderoso; segundo, para que não pensasse em mais nada.

Minha mãe também estava sempre ocupada, mas com outras coisas: todos os dias se envolvia numa pequena conspiração familiar. Todos os dias, essa era sua fórmula. Minha mãe se levantava da cama e pegava o telefone, ligava para minha tia, ou meu tio, ou minha outra tia, e gritava e chorava e desejava-lhes a morte — a deles e a da sua maldita mãe, que era a mesma que a dela, minha avó; às vezes também ligava para minha avó, e gritava e chorava e desejava sua morte — a dela e a da sua maldita descendência. Minha mãe adorava falar a palavra "maldita", dava-lhe uma sensação catártica e libertadora; embora ela nunca tivesse se expressado assim porque seu vocabulário era bem pobre. A terceira ligação do dia era para *don* Héctor, com quem ela era sempre muito gentil porque comprava fiado dele: Olá, *don* Héctor, como vai? Você podia me mandar uma fornada de pão e meia dúzia de ovos? E o rosto encharcado de lágrimas. Sua fórmula era igual à do meu pai: não deixar nem um buraquinho de tempo morto que os fizesse olhar ao redor e se dar conta de onde estavam: num apartamento minúsculo de um bairro de classe média, atravessado por uma ponte pela qual circulavam várias vans.

Eu não era como eles, percebi muito rápido onde estava e aos sete anos já tinha certeza de que iria embora dali. Não sabia quando nem para onde. As pessoas me perguntavam: o que você quer ser quando crescer? E eu dizia: estrangeira. Meu irmão também sabia que iria embora e tomou as decisões que melhor lhe convinham nesse sentido: abandonou o ensino médio e começou, com todo empenho, a puxar ferro na academia e a paquerar as gringas na praia. Porque, para ele, ir embora significava ser levado. Queria viver em Miami ou Nova York, não tinha muita certeza. Estudava inglês porque em ambas as cidades lhe seria útil. Em Miami menos, era o que dizia seu amigo Rafa, que tinha ido uma vez para lá, quando era bem pequeno. Eu gostava do Rafa porque ele tinha saído do país e isso me parecia meritório. Mas depois conheci o Gustavo, que não havia saído e sim chegado, e não apenas de um ou dois, mas de vários países.

Gustavo: o Gustavo era um cara que morava numa casa de frente para o mar. Ou melhor, num barraco. Do lado de fora do barraco havia uma cobertura feita com quatro estacas e uma lona impermeável; debaixo dessa cobertura: uma bancada de trabalho com um banco comprido, um sofá de dois lugares de madeira, uma rede. Meu pai comprava peixe dele aos domingos, e às vezes me levava. Além dos peixes, o Gustavo tinha um tanque com bichos enormes que ele mesmo criava: caranguejos, lagostas e até serpentes marinhas. Era argentino, ou italiano, de acordo com o dia. Na primeira vez que meu pai me levou ao seu barraco eu devia ter uns doze anos, e ele me disse: você quer que eu te ensine a escamar? A fazer o quê? A limpar os peixes. O Gustavo estava sentado de pernas abertas numa mureta que contornava o tanque, a bacia de peixes de um lado, no chão. Duas bacias: uma era para pôr os peixes já limpos. Eu me sentei igualzinho a ele, mas à sua frente, dando-lhe às costas; e ele pegou minhas mãos e me ensinou. Depois me acariciou lá embaixo com dois dedos: para cima, para baixo, para cima, para baixo, dizia, enquanto eu limpava os peixes com um facão afiado e ele desenhava uma linha vertical no meu botão de fuga — assim dizia a Charo, uma amiga da minha mãe, quando queria lhe contar uma fofoca que envolvesse a palavra "buceta" e eu estava por perto. Enquanto o Gustavo fazia isso, meu pai estendia umas notas na bancada de trabalho, as vísceras e as tripas de peixe para fazer óleo embrulhadas num jornal. Você viu o que o Gustavo fez?, perguntei a ele quando estávamos no táxi, voltando para casa. Meu pai dirigia devagar, estava tocando um bolero de Alcy Acosta. Ele te ensinou a limpar o peixe, disse. Sim, mas também... Também o quê? Deixa pra lá. E depois continuei indo à casa do Gustavo: às vezes sozinha, às vezes com meu pai, às vezes depois da escola, às vezes em substituição à escola. Eu gostava do som das ondas. Aquele som tinha um nome. Tinha vários: há trinta e três maneiras de nomear o som das ondas, meu pai me dissera uma vez, enquanto dirigia. Mas depois não continuou, se distraiu olhando para o mar e eu não quis perturbá-lo.

Gustavo, você me leva pra Itália? Pra fazer o quê? Pra morar lá. Não. E pra Argentina? Pra quê? Pra morar também. Não. E os dedos.

2

Um dia cheguei à escola, esperei que fizessem a chamada e fui embora. Eu costumava fazer isso com a Maritza Caballero, uma amiga que não morava mais na cidade, pois seu pai, que era um oficial da Marinha, tinha sido transferido para Medellín. Eu não entendia o que ele tinha ido fazer em Medellín, onde só havia montanhas. Os soldados da Marinha moravam em Manzanillo, num condomínio fechado na orla da baía, com casas pré-fabricadas que cheiravam a mofo por causa da umidade. A água e a madeira não são boas amigas, a Maritza costumava falar da sua casa. Então, naquele dia fizeram a chamada e eu saí, mas sem a Maritza. Saí da escola faltando quinze para as oito; estava com fome e tinha pouco dinheiro. Dei umas voltas pelo Centro, lotado de pessoas suadas indo trabalhar no tribunal ou sentadas na praça Bolívar para ler o jornal, embora no fim acabassem não lendo: dobravam-no em quatro e o usavam como leque. Fiquei sentada ali na praça e me cansei de olhar. Quando a Maritza ainda morava lá, a gente sentava no muro e ficava olhando a avenida, o calçadão e, às nossas costas, o mar. Ela queria ser advogada e trabalhar no tribunal; eu dizia a mesma coisa, mas era mentira. Eu não queria ser nada. A Maritza dizia que eu podia ser qualquer coisa porque ia bem na escola. Ela me olhava compenetrada, seu nariz muito perto do meu, nosso hálito aquecendo o rosto uma da outra. A Maritza tinha cabelos amarelos e olhos amarelos e a pele muito pálida. Eu não conhecia ninguém tão desbotado quanto ela. Não fui albina por um cromossomo, era o que a Maritza dizia de si mesma. Mas era bonita, especialmente à noite, porque de dia, sob o sol, suas veias eram muito aparentes. Uma porcelana rachada, é assim que me lembro do rosto dela.

Peguei um ônibus até a casa do Gustavo e o encontrei com o olhar perdido: quando estava assim, era porque naquele dia tinha de entregar um pedido fácil. Uma lagosta, por exemplo: bastava enfiar a mão no tanque e puxá-la para fora, enquanto ela mexia as pernas como uma enorme barata mutante; depois ela ia parar numa bolsa de gelo na qual, aos poucos, ia ficando rígida.

Faz um coquetelzinho pra mim, pedi a ele, e lhe estendi um saco de limões que eu tinha pegado de uma carroça perto do ponto, antes de entrar no ônibus. Só aí ele se virou e olhou para mim, estreitou os olhos e disse: hoje de manhã uma corrente de ar frio entrou pela fresta da porta e subiu pelos meus pés. A-hã. E ele continuou falando: isso me tirou da cama, então tomei um rum pra me aquecer e comi um pão velho que me deu cãibra no queixo de tão borrachudo que estava. E depois, o que você fez? Depois fui pescar, mas não peguei nada, o mar estava agitado. Sei.

Eram nove e meia.

O Gustavo descascou uns camarões e me mandou ir à cozinha pegar cebola, maionese e pimenta. A cozinha do barraco era imunda, o barraco inteiro era imundo e eu não gostava de entrar lá porque era escuro e fedorento. Eu disse que não queria mais nenhum coquetel. O quê? Não quero mais merda nenhuma. E ele respondeu: vou lavar essa sua boca com água sanitária. Então, fui buscar o que estava faltando. Antes de entrar, tampei o nariz e mergulhei naquele ar espumoso e gordurento. O Gustavo preparou um coquetel delicioso, tomei tudo de uma vez. Engoli o suco rosado que sobrou no fundo e minha boca ficou picante. Me acorda à uma, disse a ele. Fui dormir na rede.

No dia seguinte fiz a mesma coisa, mas cheguei sem limões, então fui na mesma hora para a rede. O Gustavo não prestou muita atenção em mim porque estava descascando uma montanha de camarões que ia enfiando numa geladeira de isopor com gelo. À tarde, tinha que entregar vários quilos para uma festa de quinze anos.

Me acorda à uma, eu disse, e fechei os olhos.

Demorei a adormecer: estava quente, o cheiro de sal penetrava ardido nas minhas narinas, minha pele parecia pegajosa.

Quando abri os olhos, encontrei os do Gustavo.

O que você está fazendo? Nada. Ele estava me esquadrinhando, sentado num banquinho em frente à rede. O sol entrava por um lado da cobertura onde a lona estava estendida e batia só num pedaço do seu rosto. Eu lhe disse que ele ia ficar queimado só de um lado, como uma máscara de Carnaval. Meu irmão tinha uma máscara de Carnaval que havia comprado em Barranquilla. Dia e noite, era o nome dela. Às vezes eu a usava, mas ficava grande demais em mim. O Gustavo saiu do banquinho e voltou para os camarões. Já é uma hora?, perguntei. Não. Que horas são? Onze e meia.

Da próxima vez que abri os olhos, o Gustavo não estava lá. As cascas de camarão tinham sido empilhadas na mesa, havia uma nuvem de moscas no ar e uma caminhonete de quatro portas na praia. Sentei-me na rede e olhei para o mar: um barco, um homem e uma rede de pesca, lá longe. Em algum lugar, um cachorro latia.

Depois de um tempo, o Gustavo saiu da caminhonete ajeitando o short. Atrás dele veio uma mulher arrumando o cabelo. O Gustavo pegou a geladeira de isopor e levou para a caminhonete. A mulher me disse: você já fez quinze anos? Não. Melhor. Por quê? E ela: porque nos últimos tempos as festas de quinze anos se tornaram bregas e coisa de pão-duro. Se for buffet, não servem frutos do mar nem por milagre; se for serviço de mesa, menos ainda. E o que eles servem? Servem um arroz com frango e uma salada russa lotada de cebola, e depois as meninas vão falar com os meninos com aquele hálito azedo, eca. A Melissa não, a Melissa vai ter uma baita de uma festa de quinze anos.

Melissa?

O Gustavo voltou, a mulher tirou algumas notas do decote e deu a ele. Vou servir com molho tártaro, disse ela, o que você acha? Ele pôs as notas na mesa, pensei que elas iam voar para longe. Acho que tem cara de vômito, disse ele.

3

Houve uma época em que o clima mudou. Chovia sempre, todos os dias. Isso era ruim para a terra porque se desgastava; ruim para o mar porque ficava agitado; ruim para a televisão porque o sinal se perdia. Restava o rádio. O rádio dizia que a cidade estava passando por uma temporada trágica: não na zona moderna, onde viviam os ricos, mas nos bairros que faziam fronteira com o Pántano de la Virgen que, como estava cheio de sujeira, transbordava. E as casas decrépitas afundavam na lama. Naqueles dias começaram a falar do Emissário Submarino, um tubo de ferro que tragava o lixo estagnado no pântano, levava-o para o mar e o cuspia ali. Era a solução para todos os males da cidade. Ainda não estavam construindo porque não havia dinheiro, e não havia dinheiro porque tinham roubado. Quem tinha roubado? Ninguém conhecia, mas todos sabiam quem era. Na rádio diziam exatamente isso. Depois vinham os programas românticos: o top 10 das músicas alusivas à chuva.

Num daqueles dias, sonhei que o vento levava meu irmão e seu amigo Julián, que frequentava a academia com ele. Os dois iam abraçados, voando, com os dentes cerrados como quando faziam força, diante do espelho, para fortalecer os músculos. Eu os observava se elevarem até que não os via mais. No dia seguinte, sonhei que o vento levava o quiosque do Willy, que vendia cerveja perto do barraco do Gustavo. O Willy me odiava porque um dia dei um chute na cabeça de um porco que cheirou meus pés. O porco correu assustado, guinchando como uma velha, e eu comecei a rir. O Willy ficou furioso: você é uma diaba, ele me disse. E eu lhe disse que ele era um filho da puta idiota. O Gustavo me agarrou pelo pulso e torceu meu braço; eu me soltei e fui embora, e não voltei durante muitos meses.

Havíamos chegado àquele quiosque meia hora antes, depois de uma longa caminhada na praia. Eu estava contando ao Gustavo da Maritza Caballero, que tinha me mandado uma carta de Medellín e uma foto dela na montanha: estava usando um moletom azul. Eu nunca tinha usado um moletom. Fiquei com sede e o Gustavo falou: vamos no quiosque do Willy. O Gustavo pediu uma cerveja Águila para ele e uma Coca-Cola para mim. Sentamos numas banquetas em frente ao balcão, e o Willy começou a falar de um cruzeiro de gringos que havia chegado. Disse que estava esperando a Brígida, que vinha de Palenque, para ir ao Centro vender coisas para os gringos: cervejas, rum, colares de *caracucha*. Você tem ostras, chefe? O Willy chamava o Gustavo de chefe só porque ele era branco e estrangeiro. O Gustavo nem lhe dava gorjeta e às vezes cuspia no chão, e o Willy não parava de chamá-lo de chefe. Naquele dia, por outro lado, chegou um pescador negro, pediu uma cerveja e arrotou depois do primeiro gole. O Willy disse: sua mãe não te ensinou bons modos, nego imbecil?

A chuva foi ruim para a minha família também, porque o cano do esgoto que ficava perto de casa transbordou, as calçadas ficaram verdes e o ar, pestilento. Meu pai perdeu um táxi que ficou cheio de água até o motor e foi declarado como sucata. Então ele sentou todos nós à mesa e disse: agora somos pobres. E começou a chorar como uma criancinha.

Eu olhei ao redor. Meu irmão consultava toda hora o relógio, impaciente, pois ia ao cinema com o Julián e duas garotas que eles tinham descolado em La Escollera. Minha mãe dobrava algumas roupas, concentrada; ao seu lado havia uma cesta de vime cheia de cuecas desbotadas e meias amarradas numa única trouxa porque estavam sem par.

Ser pobre era exatamente igual a não ser pobre. Não havia com que se preocupar.

4

Quando terminei o colégio, me matriculei na faculdade de Direito. Era uma universidade pública, mas era preciso pagar uma taxa de matrícula, de acordo com a declaração de renda do meu pai. No meu caso era um valor ínfimo, mas meu pai disse: espero que você ganhe a bolsa para que possa continuar. Eu não quero continuar, respondi. E ele: sim, você quer. E piscou para mim.

Certo dia, uma colega me disse: estão dando vistos para ir morar no Canadá. Fui conferir no consulado. Era preciso saber inglês e francês, e davam prioridade aos casais jovens, profissionais, com planos de ter filhos. Minha colega me disse que no Canadá eles estavam ficando sem jovens e que se tratava de um plano de repovoamento. Repovoar-se de latinos? Melhor que nada, ela me disse. Mas estava faltando muito para que eu fosse uma jovem profissional com um marido e planos de procriar; o Canadá não seria meu destino. Eu nem gostava do Canadá: não havia um único ator de cinema que fosse do Canadá; não havia nada no Canadá, apenas velhos.

Naquela época, o bebê da Xenaida, a moça que trabalhava lá em casa, chorava a noite toda. Ela tinha engravidado, não se sabia de quem. Foi o porteiro, acusou meu irmão. Mas ela não abriu o bico. Quando falou sobre a gravidez, minha mãe a despediu e a Xenaida se ajoelhou diante dela: patroa, me deixe ter o neném aqui e depois eu vou embora. E ela já tinha dado à luz e não ia embora. O bebê chorava como um energúmeno. Como um bichinho ferido, minha mãe disse um dia. Como uma capivara, especificou meu pai. Uma noite, meu irmão entrou no quarto dela e a sacudiu pelos ombros: Xenaida! Mas ela era uma pedra; o bebê minúsculo e enrugado se esgoelava no chão em cima de uma pilha de trapos, agitando os braços e as pernas como uma tartaruga com a carapuça para baixo. A Xenaida o ajeitara ali para que ele não caísse da cama. Gustavo? O quê? A Olga é sua namorada? Não. O Gustavo estava andando com uma mulher chamada Olga. Os estrangeiros gostavam das negras, assim dizia minha mãe. A Olga varria o barraco e usava um vestido sujo e fino que marcava as curvas irregulares do seu corpo. Ela enfiava as mãos pelo decote para ajeitar os peitos, isso me deixava nervosa. Ela não entendia o que eu ia fazer lá, e não gostava de mim: da próxima vez que você vier aqui, eu parto sua cara com o facão, me ameaçava. O Gustavo a ouvia, mas não dizia nada. Certa vez, a Olga esquentou uma banana com casca e tudo, depois se sentou num banco, ergueu a saia e meteu bem lá no fundo. E ficou revirando os olhos. O Gustavo e eu a vimos da bancada de trabalho: ele estava filetando um robalo; eu, escamando um sável. O mar estava calmo e o sol, lá no alto.

Foi então que o Gustavo começou com as histórias. Esta foi a primeira que ele me contou:

Quando eu era mais novo, tinha uma motocicleta e muito cabelo na cabeça. Eram cabelos loiros, que mais tarde se tornaram brancos e rebeldes. Não havia maneira de entrar um pente nele, mas algumas amigas insistiam em me pentear e isso me deixava de mau humor. Quando eu ficava assim, subia na motocicleta e ia pra longe.

Longe de onde?

Terminei meu primeiro ano de Direito e ganhei a bolsa: não me deu nenhum trabalho, eu poderia ter ganhado todas as bolsas que quisesse. Mas eu disse que não queria nenhuma bolsa, o que eu queria mesmo era ir embora. Mas pra onde?, me perguntou o professor de Direito Romano, intrigado. Dei de ombros. O professor tinha ido e voltado, me contou. Por quê? Porque tinha saudades. Saudades do quê? Da comida, da cultura. Eu quase não comia e a cultura era um conceito dinâmico, ou não era nada. Sei, ele me disse, o buço decorado com gotículas de suor. Como a água, insisti: se não se mover, fica estagnada; se estagnar, apodrece... Silêncio. Como um músculo: se não se mexer, atrofia, dá cãibra, seca, se rompe, se estilhaça, vira pó e o vento leva embora pra sempre. Você tem que se movimentar, concluí. O professor assentiu com a cabeça, indeciso, eu apertei sua mão, depois lhe dei as costas e abandonei sua aula e as outras, e comecei a ir para a academia com meu irmão.

Gustavo. O quê? Você me acha bonita? Um pouco. Quanto? O suficiente. Quer que eu tire a roupa? Não. Gustavo. O quê? Você não gosta mais de mim? Você não tem que estudar algum código? Já estudei todos eles. Bom, então vou te contar uma história.

A gente deitava na rede, mas o Gustavo já não tocava meu botão de fuga, só acariciava minha cabeça. Um dia pedi a ele. Mas por que você quer que eu faça isso?, me perguntou. Porque você já fez. Ele disse que não gostava mais, que não tinha mais graça. Eu achava que ele ainda gostava, sim, mas a Olga não. A Olga, de vez em quando, aparecia rondando lá fora com uma desculpa esfarrapada. Mas logo ia embora: me olhava feio e saía. E o Gustavo falava:

Era uma vez um navio que zarpou da Córsega com rumo incerto e na metade do caminho a maior parte da tripulação morreu.

Se o rumo era incerto, como eles sabiam qual era a metade do caminho?

... alguns morreram de fome, os mais jovens; outros morreram de peste e outros morreram porque sim. Os mortos eram atirados ao mar. Eles jogaram minha mãe no mar, e também minha irmãzinha Nini.

O nome dela era Nini ou era apelido?

... os sobreviventes chegaram a um país enorme e verde, muito rico. Comíamos as vacas inteiras e cruas.

Eu odeio coisas cruas, gosto do meio-termo.

... uma parte da carne sempre apodrecia porque eram vacas gordas como hipopótamos, e eu pensava que minha mãe e a Nini teriam adorado aquele país. Tão verde, tão grande, tão cheio de vacas gordas cruas.

... sushi, por exemplo, não suporto.

Era o melhor país do mundo, mas eu não podia viver naquele lugar porque me lembrava muito dos mortos que tínhamos jogado no mar. Da minha mãe e da Nini. É por isso que eu fui embora. Primeiro pro Peru, depois pro Equador, e fui subindo até que me deparei com o mar do Caribe, pouco antes de seguir à esquerda e continuar a jornada pra cima. Mas então eu levantei esse barraco e não fui mais embora.

E quando eu apareço?

Eu não aparecia na história do Gustavo.

Em dezembro, um vento forte devastou as casas de um bairro pobre e fizeram um Teleton para as vítimas. Em dezembro, a Xenaida teve uma septicemia, resultado da cesárea malfeita; já haviam se passado dois meses desde o parto, a ferida foi ficando cada vez mais infeccionada, e ela não disse nada. Eles a levaram para um hospital, e minha mãe teve que cuidar do bebê: ele chorava e chorava e chorava. Uma semana depois de ter sido internada, a Xenaida morreu. Já era quase Natal. Minha mãe ligou para uma tia da Xenaida que morava em outra cidade, mas ela também havia morrido;

não restava ninguém que quisesse cuidar do bebê chorão. A assistência social disse que viria buscá-lo e não veio: era uma época de muito movimento, disseram depois, quando minha mãe foi levá-lo. Ela o entregou como se fosse uma trouxa fedorenta para uma mulher de óculos que franziu a boca assim que o viu: hmm, ele está muito magro e barrigudo, deve ter vermes.

5

Um dia, me apaixonei. O nome dele era Antonio, mas todo mundo o chamava de Toño. Eu o chamava de amor e ele me chamava de meu amor. Havia uma diferença, expliquei a ele, na inclusão e na exclusão do possessivo. O Toño tinha moto e me levava para passear; então íamos para a praia, uma praia distante, à qual só iam pescadores. Uma praia de areia escura e lamacenta, não branca e clara como as dos cartões-postais. Eu levava uma toalha na minha bolsa de ginástica e a estendia na areia. O Toño também frequentava a academia e queria ser arquiteto, dizia, enquanto olhávamos para um veleiro que quase tocava o horizonte e balançava como um bêbado. Bêbado de champanhe. Eu queria um veleiro, mas só os ricos tinham veleiros. Só os ricos bebiam champanhe.

Então eu disse ao Toño: se eu fosse rica, não queria ir embora, os ricos podem viver bem em qualquer lugar. Por quê?, perguntou ele. Porque ser rico é ter o poder de suavizar as adversidades. Ah, é? É. Se eu fosse rica, nem ligaria pro calor pegajoso nem pra areia escura nem pras lentilhas sem graça que minha mãe faz. E o Toño disse: se você fosse rica, sua mãe não faria lentilhas. O que ela faria? Caviar. Caviar não se faz. Não importa, era isso que você ia comer, meu amor.

Quando o sol começava a se pôr e já não havia pescadores, o Toño tirava minha roupa e me distribuía beijos por todas as partes. Ele não tirava a roupa. Às vezes sim. Eu fechava os olhos e deixava-o fazer tudo que quisesse: pensava que era o Gustavo e que estávamos em Veneza. O Toño era perfeito, mas não podia me levar para Veneza. De vez em quando ele me levava ao cinema. Um dia, vimos um filme romântico que acabava com uma morte, a da mulher. E o Toño chorou e me abraçou muito forte: não morra. Eu adorava transar na praia por causa do céu. O rosto do Toño aparecia e desaparecia da minha vista, alternando-se com o fundo azul-celeste. Para cima, para baixo, para cima, para baixo. Eu não me mexia: continuava deitada, olhando as nuvens e pensando que minha visão favorita, desde que me lembro, sempre havia sido o céu. O céu se movia? Não, as nuvens é que se moviam. O céu era uma trilha gentil e silenciosa, uma testemunha cruel que guardava o maior segredo do universo: o movimento é uma ilusão.

Enquanto o Toño se perdia em gemidos de prazer, eu punha as mãos debaixo da nuca, como se fosse fazer abdominais, e esperava que ele terminasse e se deitasse ao meu lado, respirando fundo, à beira da asfixia. Então eu falava:

A primeira vez que vi um veleiro foi no porto. Meu pai me levou, eu tinha dois anos e meio, lembro de memória. Ah, é? É, era branco, todo branco, exceto pelos assentos forrados em couro bege.

Mas era mentira.

Outro dia, dizia-lhe outra coisa:

A primeira vez que vi um veleiro foi dentro de uma garrafa. Meu pai a comprou para mim na feira de artesanato e me disse: quando você crescer, vamos velejar num desses. E eu disse: tão pequeno?

Mas isso também era mentira.

Certa vez, o Toño me disse que eu era frígida e depois se arrependeu: ajoelhou-se diante de mim, beijou minhas mãos e repetiu três vezes: desculpe, desculpe, desculpe. O que acontece é que eu me distraio olhando os alcatrazes, eu disse a ele, porque dizer aquele lance do céu me parecia mais besta. Então ele sugeriu que fizéssemos ao contrário. Ele se estendeu na toalha, eu trepei em cima dele e agora só conseguia olhar para o seu rosto. O Toño não gostava de olhar para o céu, gostava de agarrar meus cabelos como se fossem cipós e olhar nos meus olhos, concentrado. Fiquei viciada nessa posição. Fiquei viciada no Toño.

Minha rotina era a seguinte: ir à academia com o Toño, sair de moto com o Toño, transar com o Toño em: primeiro, na praia; segundo, na cama de um motel barato; terceiro, no terraço vazio de um hotel no Centro, em que entrávamos de óculos escuros, como turistas que imploram por alguns segundos de vista panorâmica. No terraço, transávamos ao meio-dia, quando o sol já havia espantado todo mundo; transávamos em pé: eu virada para a frente, apoiada na sacada, o Toño atrás de mim, grudado nas minhas costas. Saíamos rápido, voltávamos para a moto e de lá íamos até um quiosque para comprar Coca-Cola e cigarros. Conversávamos sobre filmes antigos, músicas de salsa e de coisas que queríamos comprar para nós. O Toño gostava dos perfumes da Calvin Klein, mas nunca havia tido nenhum: sua mãe nunca teve dinheiro suficiente para comprar um frasco. Agora o Toño trabalhava na papelaria de um tio, mas também não conseguia juntar dinheiro.

Você é feliz?, ele me perguntava no final da tarde, nós dois deitados debaixo de uma árvore em algum parque. E eu dizia a ele que sim, porque era verdade, embora me faltasse alguma coisa. Eu sabia o que era, o Toño não.

Meu pai não concordava com que eu abandonasse a faculdade, ele repetia para mim todas as vezes que nos encontrávamos: eu entrando e ele saindo de casa, às seis, sete da manhã. Eu expliquei: quero ir embora daqui, e o Direito só vale no país em que se estuda. Estude outra coisa. O quê?

Qualquer coisa, mas estude algo, você é inteligente, é nossa esperança. E piscava para mim. Esperança de quê? Meu irmão me sugeriu que eu me tornasse aeromoça, que me dariam o visto na mesma hora e eu teria mais chances de ir embora, pelo menos sazonalmente. Estávamos no quarto dele, que cheirava ao talco Mexsana que ele passava nos pés. Ele estava levantando uns halteres na frente do espelho de parede em contagem regressiva: trinta e três, trinta e dois, trinta e um, trinta... Por que você conta ao contrário?, perguntei. Ele me disse que assim era mais estimulante, pois o número 1 não se mexia, não se afastava, estava lá, onde sempre esteve, no início de tudo. Pensei que meu irmão é que era o mais inteligente, mas não lhe disse nada.

No dia seguinte, depois da academia, fui me matricular num curso de aeromoças. Se eu gostasse, poderia seguir a carreira técnica. O Toño não concordava porque as aeromoças não são respeitadas, dizia ele: são as escravas dos aviões e os homens olham para a bunda delas quando andam por aqueles corredores estreitos. Se um cara agarra a bunda de uma aeromoça, ela tem que sorrir. E se não deixam que lhes agarrem a bunda é pior, porque as tratam mal. Se o banheiro não funciona, elas têm que ir desentupi-lo com um canudinho. E se a comida está estragada, elas ainda têm que comê-la, para disfarçar. O Toño tinha muitas ideias sobre as aeromoças, mas eu só tinha uma: as aeromoças iam embora.

6

A Brígida devia ser muito velha, mas não parecia. Os negros não envelhecem, minha mãe também dizia isso. A Brígida tinha pelos ásperos na axila, e tinha grumos brancos nos pelos por causa do bicarbonato que passava para não feder. Mas fedia de qualquer maneira. Tinha chegado um cruzeiro, e a Brígida passou pelo barraco do Gustavo para pegar ostras. Era quinta-feira. Às quintas-feiras eu não tinha que ir ao instituto e, como não estava mais com o Toño, às vezes ia visitar o Gustavo. Eu me jogava na rede e lia revistas em inglês, para praticar.

Naquela quinta-feira, a Brígida me perguntou a mesma coisa de sempre: se eu já tinha marido. Não. Se eu já tinha namorado. Não sei. Ela deu risada.

Ultimamente, a Brígida andava com uma neta que olhava para mim com o cenho franzido e os lábios cerrados. Eu a ignorava, virava as páginas da revista e de vez em quando bocejava. Ultimamente era a Olga quem atendia a Brígida: entregava as ostras, negociava o preço, pegava uma ostra e chupava, falando do produto como se fosse especialista. A Brígida não gostava de ostras, apenas uma vez eu a vi chupando uma, e ela franziu a cara — aí sim seus anos ficaram evidentes —, e depois de cuspir ela disse: é como mastigar uma xoxota.

Enquanto a Olga atendia a Brígida e eu lia em inglês e a neta me xingava em silêncio, o Gustavo, na sua bancada de trabalho, contava uma história. A história começava com um enredo preciso e terminava em qualquer parte. Por exemplo: Quando eu morava em Valparaíso, meu pai tinha várias barracas no mercado e me punha pra descascar camarões até que meus dedos ficavam inchados. Ele me ensinou que o camarão se descasca assim: você agarra com força pelo rabo, puxa a cabeça com cuidado pra não retirar toda a carne e então tira as patas. A casca sai sozinha. E o rabo, você deixa. Por que você deixa? Às vezes eu perguntava algo, senão o Gustavo ficava falando sozinho e eu tinha pena dele. Pra manter a forma do animal, assim é mais elegante. Não vejo nada de elegante. Todo o sabor está no rabo, por isso você tem que chupá-lo. Chupar o rabo? Que nojo. No rabo fica o elixir do animal, a alma do animal, a essência do animal. Tá. Tudo lá: no rabo. Tá. Depois de um tempo, a Olga também tentava falar algo, mas dizia coisas irrelevantes. Por exemplo: Antes de ontem vi uns gringos andando pelo Centro, eles tinham as pernas cheias de calombos com pus.

E, como ninguém respondia, ela ficava chateada e resmungava e entrava no barraco e ligava uma pequena televisão que sua irmã da Venezuela tinha mandado para ela. E ela lá dentro e nós aqui fora. Eu abria uma cerveja, me abanava com a revista. Depois abria outra cerveja, e outra para o Gustavo. O sol ia ficando muito forte e era difícil encontrar uma posição na rede onde eu não me queimasse muito. E o Gustavo:

... de Valparaíso eu me lembro disso e me lembro da Silvina. A Silvina tinha um cabelo grosso e brilhante que ela prendia num rabo de cavalo alto, e um vestido colorido que ela usava nos fins de semana.

Um só?

Eu gostava daquele vestido porque cada vez que ela usava, se agachava na minha frente e me perguntava: estou bonita, bebezucho?

Bebê o quê??

A Silvina foi a última namorada do pai que eu conheci, porque depois daquele verão não o vi mais. Ele foi trabalhar num barco e não voltou. Eu fui pra Argentina.

Por que pra Argentina?

Porque a mãe estava lá.

Mas não tinham jogado sua mãe no mar?

... e uma vez o pai mandou uma carta, dizia que estava no Brasil, que ele tinha uma namorada que não era a Silvina, mas a Maryerín, e que ela era jovem e bonita.

E onde estava a Nini?

... o pai dizia na carta pra eu pegar um ônibus e ir encontrar com ele, que a mãe pagava a passagem e ele me dava o dinheiro de volta.

Por que você não usa o possessivo?

O quê?

Por que você sempre diz a mãe e o pai?

De que outra forma eu vou dizer?

"Minha" mãe e "meu" pai, como todo mundo diz. Do jeito que você fala, soa artificial: é como dizer supimpa ou goma de mascar ou caranga ou esponja de aço ou garage ou gasosa ou suéter ou refrigerador.

Eu não digo nada disso.

Diz sim.

7

Meu primeiro voo foi para Miami. Era a rota internacional mais movimentada e também a mais disputada: eu concorri e ganhei. Eu queria ir para Miami porque lá se comprava barato e o clima era bom, e porque os homens não eram gringos. As jovens aeromoças não gostavam de gringos porque eles não sabiam transar; as velhas gostavam, porque não transavam mais. Você conhece Miami?, perguntei ao Julián. Ele disse que sim, mas dava para ver que era mentira. O Julián estava vendo televisão na sala da minha casa: passava uma luta de boxe. Meu irmão estava tomando banho porque os dois iam a uma festa. Minha mãe estava falando ao telefone com minha avó sobre uma prima de segundo grau que tinha morrido porque engoliu um bicho que mordeu sua glote. Meu pai tinha saído para pagar umas multas de trânsito.

Você conhece Miami?, perguntei ao Gustavo. Ele não respondeu. A Olga soltou uma gargalhada. Ele estava tomando rum na rede, olhando para o mar. A Olga ralava coco para o arroz. Estava com uma saia branca e calcinha vermelha e os peitos lhe escapavam de um sutiã de lycra preto.

Eu tinha ido me despedir.

Em Miami, fiquei num hotel perto do aeroporto, eu já tinha entrado em contato com o amigo de um amigo da academia para que fosse me buscar. Ele era casado e chegou sem a esposa. Melhor, ultimamente eu não me dava bem com as mulheres de ninguém: nós, as aeromoças jovens, tínhamos fama de abrir as pernas em qualquer banheiro de aeroporto. As aeromoças velhas tinham fama de cuspir na comida do avião e também de outras coisas. A Susana, uma colega, dizia que as aeromoças velhas eram mulheres cheias de flatulências — em decorrência de tantos anos comendo aquela comida embalada — que se tornavam incontroláveis em certas alturas.

O nome do amigo do meu amigo era Juan, mas o chamavam de Johnny, e ele era um negão enorme de olhos verdes. Tinha um carro novo que cheirava a novo. Me levou para comer umas coisas picantes e depois fomos dar uma volta pela Ocean Drive. Antes de voltarmos para o hotel, entramos no bar de um amigo dele: um parceiro, ele disse. Depois se corrigiu: um compadre, e deu um tapinha nas costas dele. Tomamos negroni, eu nunca tinha tomado negroni, mas não disse a ele. Você gosta?, o Johnny perguntou, e eu assenti: gosto de bebidas fortes. Ele chocou seu copo contra o meu e aproximou seus lábios do meu ouvido: *me like u, beibi*.

O Johnny cheirava a perfume caro.

Eu precisava voltar para o hotel à meia-noite, pois o comandante havia dito que não queria ninguém passando a noite fora. O voo era às sete. Obrigado, Johnny, eu me diverti muito. Ele veio para cima de mim e eu me esquivei. O Johnny não era ruim, mas se eu cedesse agora, não teria ninguém para ligar na próxima vez que fosse a Miami. Eu planejava ir a Miami muitas vezes, até que encontrasse uma maneira de ficar lá.

Quando voltei de Miami, começou a chover. Sem parar, como não chovia há anos. Foram dias e dias de chuva torrencial que não nos deixava voar: o aeroporto fechado e eu entediada, assistindo a filmes de pessoas que na primeira meia hora estavam felizes, e depois ficavam tristes, e era disto que se tratava: de superar a tristeza; então algo acontecia e todos terminavam ainda mais felizes do que no início.

Fazia alguns meses que eu não morava mais com meus pais; eu tinha ido morar com a Milagros, que vendia bebidas no free shop e tinha colado um anúncio no banheiro: procuro *roommate*, apartamento de dois quartos perto do aeroporto. Gostei da ideia de morar perto do aeroporto porque assim eu podia ficar cem por cento disponível para a companhia aérea. Se alguém ficasse doente, eu estava lá, em cinco minutos, para substituí-lo. Se um voo charter estivesse saindo e faltassem funcionários, eu me oferecia como voluntária. Cada vez que um avião decolava ou pousava, eu sabia.

Eu gostava do som dos aviões.

No terceiro dia de chuva, vesti um impermeável e fui visitar o Gustavo, mas apenas a cabeça da Olga assomou pela porta do barraco. Cadê o Gustavo? E ela: pescando. Dos céus despencava uma chuva torrencial. Não me mexi. A Olga mostrou o resto do seu corpo nu, escuro, molhado e brilhante, como se ela tivesse estado chafurdando na manteiga. Se encostou no batente da porta. Seu botão de fuga era um tufo de cabelos pretos encaracolados.

Fui embora.

Liguei para a casa dos meus pais, tinha a impressão de que fazia anos que eu não sabia nada deles. Assim que minha mãe começou a falar, percebi que tudo continuava igual: ela estava brigada com uma das minhas tias, pois minha tia era uma manipuladora que gostava de roubar minha avó. E eu: roubar o quê? E ela: o que você acha? Meu pai tinha contratado um novo motorista, porque o anterior o furtara: tinha levado trezentos mil pesos e o estepe. E ele tinha feito um B.O.? Pra quê, isso nunca dá em nada. Tá. Cadê meu irmão? Por aí.

O prédio onde eu morava com a Milagros ficava perto do mar. Quando chovia, soprava um vento que fazia um barulho tenebroso. O Toño me ligava de vez em quando e eu lhe dizia que não queria vê-lo. Numa daquelas noites de chuva, fui eu que liguei para ele: quer vir ver um filme? Não sei, acho que não. Você está com alguém? Não. Você está com alguém. O Toño morava longe, de ônibus levaria quase uma hora, mas ele pegou um táxi e chegou em vinte minutos. Eu estava tomando banho. Ele deve ter gastado todo o dinheiro da semana. O Toño pôs o filme na TV da sala, e a Milagros se trancou no quarto dela. Até amanhã, disse a ele. Eu saí de pijama, cheirando a sabonete. Antes de me sentar, fui até a cozinha pegar um rum da Guatemala que a Milagros trouxera. Primeiro tomei da garrafa e, em seguida, servi uma dose para o Toño, que mal molhou os lábios. Eu me sentei, e depois trepei em cima dele. Nem vi que filme ele tinha posto. Da primeira vez gozei eu; da segunda, ele.

Quando terminamos, o Toño me disse: case comigo. Não posso. Por quê? Por causa do trabalho. O que isso tem a ver? Eu ia te deixar sozinho por muito tempo e depois ia morrer de ciúme imaginando que, quando não estou aqui, você me troca por outra. Pra mim, você é insubstituível. Agora, mas quando eu te deixar sozinho você vai ver que eu não sou. Vamos pro Canadá. O Canadá está cheio de velho. Saia do trabalho. Nunca. Mas por quê? Nunca jamais.

Ele foi embora.

Ainda estava chovendo, pela janela as luzes da rua pareciam deformadas. Em frente ao apartamento havia um grande letreiro fluorescente de um restaurante de frango frito, que naquela noite era uma mancha sem forma. Fui até o vidro, limpei ele com a mão e lá embaixo vi o Toño, parado na esquina, olhando dos dois lados da rua à espera de que algo acontecesse. Não estava acontecendo nada.

Pensei em abrir a janela e gritar para ele subir. Pensei em abrir a janela e gritar que sim. Mas o que eu fiz foi acender um cigarro e, sem parar de olhar, imaginar minha vida com ele. Assim:

Está chovendo. Eu saio do aeroporto e me dirijo a um apartamento pequeno num bairro afastado, com vista para um pântano estagnado. Levo sacos plásticos dentro da bolsa para envolver os pés quando descer do ônibus, assim meus saltos não ficam cheios de lama quando eu for andando até o prédio. No caminho do edifício, esbarro em crianças gritando, chapinhando nas calçadas; o *vallenato* que sai das casinhas baixas e de luz amarelada me ensurdece. Cheiro de fritura, cheiro de rum, cheiro de pântano podre, cheiro de pobre. Oi, meu amor, o Toño abre a porta; carrega nos braços uma criança cheia de catarro escorrendo do nariz. Daqui a pouco, essa mesma criança estará chupando meus peitos. Então vamos comer lentilhas desbotadas e depois vamos para a cama e eu vou apagar a luz. O Toño vai se colar às minhas costas, vai me abraçar pela cintura e dizer no meu ouvido: um dia vamos sair daqui. E eu: a gente vai ficar aqui até que passe um furacão.

Quando acabei o cigarro, o Toño ainda estava lá, mas eu não.

8

O Johnny conhecia um cara. Simples assim. O Johnny era desse tipo, você dizia a ele: queria tanto multiplicar minhas economias por mil. E ele: conheço um cara. Queria tanto viajar pra Cuba, comprar uns charutos e voltar. Pra quê? Pra vendê-los. Conheço um cara. Queria tanto fazer uma tatuagem. Onde? Na nuca. Conheço um cara. Queria tanto ficar aqui pra sempre. Daí o Johnny não conhecia ninguém. Ele dizia: este é um país muito difícil. Mas ele vivia como um magnata, trocava de carro a cada seis meses e continuava pagando o mesmo *leasing*; recebia um seguro-desemprego que ninguém controlava e era com isso que ele pagava os motéis aonde íamos transar, ou as lagostas que comíamos em Key West, ou os passes VIP dos bares de salsa aos quais ele gostava de me levar na rua Ocho. O Johnny vivia às custas da sua esposa — metade gringa, metade equatoriana — e comprava tudo de grife, até as cuecas. Ele alimentava rigorosamente seu pequeno sonho americano como se tivesse medo de que, se um dia se esquecesse de fazê-lo, ele desabaria aos seus pés como um passarinho faminto.

Talvez eu tenha que parar de sair com você e procurar um gringo pra me casar, eu dizia a ele. E Johnny partia pra cima de mim, me pressionava contra a parede e metia a mão debaixo da minha saia: vem cá, preta. Porque o Johnny era um cafajeste, queria resolver tudo na cama. Me solta, desgraçado. Eu o empurrava, ia embora.

Meu humor ficava cada vez pior no voo de volta e o comandante começou a perceber: a senhorita brigou com o namorado? — o capitão era bem formal comigo. Não, senhor, eu não tenho namorado. Que desperdício. Nesse voo éramos quatro aeromoças, duas velhas, a Susana e eu. A Susana insistia que o comandante estava apaixonado por mim. Eu sabia por qual parte de mim o capitão estava apaixonado, pois era tão óbvio: ele não conseguia tirar os olhos da minha bunda. Às vezes, eu fazia de propósito: virava de costas, perguntava-lhe uma coisa qualquer e me abaixava para tirar alguma sujeirinha do tapete enquanto o ouvia gaguejar uma resposta. Eu pelo menos tinha isso, mas ele não tinha nada a me oferecer em troca.

Então meu irmão se deu bem. Ele me escreveu um e-mail dizendo que ia se casar: o nome dela era Odina e ela era porto-riquenha, mas morava em Los Angeles. Ele a conhecera por chat; como ele não tinha o visto, ela veio vê-lo e pá-pum, os dois selaram seu amor. Naquela primeira visita, ele não me apresentou a ela porque eu estava voando, isso é o que minha mãe disse. Ela a descreveu para mim como uma cabrocha magnífica e carnuda, que vinha com seu dote: o *green card*. Liguei para a companhia aérea, disse que estava muito doente e me tranquei por três dias chorando: oitenta e oito, oitenta e sete, oitenta e seis... Assim é que eu dormia, com meu irmão na cabeça. Pensei que me encorajar a ser aeromoça tinha sido sua estratégia para me tirar da frente do único computador que havia em casa, no qual ele passava o dia todo no chat, ano após ano, procurando uma esposa, até encontrar aquela porto-riquenha baba-ovo.

Houve várias tentativas antes dela: uma vareta amarelada que morava em Tallahassee, Flórida, mas quando meu irmão olhou no mapa não ficou convencido do lugar. Uma colombiana nova-iorquina que simulava chupadas num vibrador de neon na frente da câmera; ainda lhe faltavam dois anos para atingir a maioridade, mas meu irmão estava tão atraído que jurou que esperaria por ela. No entanto, um dia ela desapareceu da tela. Uma semana de ausência e meu irmão jogou o mouse contra a parede e quebrou tudo. Economizou por meses para comprar outro e nesse tempo sua decisão estava impregnada de uma firmeza contundente. A próxima foi a Odina.

Eles se casaram aqui na igreja e lá no civil. Meu irmão, na sua correspondência, se descreveu como um cara muito crente. Por parte da Odina, veio uma comitiva enorme de amigos e parentes. Todos eles cafonésimos. Do nosso lado, vieram alguns primos de segundo grau que moravam no interior. Cafoníssimos também. Todos eles tinham filhos, e os vestiram todos iguaizinhos. Na igreja, uma menina se sentou ao meu lado e me disse que quando crescesse viria morar na cidade para trabalhar numa empresa. Seu cabelo estava com um penteado dividido em gomos, endurecidos pelo laquê. Eu a imaginei na cidade, um pouco mais velha, trabalhando de sol a sol num escritório pequeno e abafado para o qual iria e do qual voltaria de minivan. Almoçaria em tupperwares e tingiria o cabelo de um loiro barato que, com o sol daqui, se tornaria alaranjado. Então trocaria pelo marrom acobreado.

O padre fez um sermão que falava do bom amor, destinado a procriar, e do mau amor, destinado ao prazer. Então, uma freira esquelética cantou a Ave-Maria.

A festa aconteceu num casarão antigo no centro da cidade. Foi paga pela família da Odina, pois, segundo a tradição, a noiva ficava encarregada da festa e o noivo, da lua de mel, o que não aconteceria, por ora, porque a Odina precisava voltar ao trabalho. A Odina era enfermeira. A Odina era gorda, não carnuda. E os pais da Odina eram os clássicos *wannabe*. Os meus nem sabiam o que era ser um *wannabe*, mas também eram. Naquela noite, as pequenas luzes brancas que decoravam o pátio do casarão eram o suficiente para fazer com que se sentissem parte de alguma realeza caribenha.

O bufê em L continha centenas de pratos quentes e frios: frutos do mar, principalmente. O Gustavo havia sido o fornecedor, embora já fizesse anos que meu pai não comprava peixe com ele porque tinha ficado muito caro; eles o convidaram para a festa, mas o Gustavo se desculpou: eu não vou a festas, disse ele. Ninguém insistiu. Seria estranho justificar a presença daquele velho desgrenhado, fedendo a peixe e curtido de sol, largado num canto com sua garrafa de rum. E sua namorada negra. Não convidaram a Olga?, perguntei à minha mãe. Que Olga?, disse ela. A namorada do Gustavo. De quem? Minha mãe não entendeu do que eu estava falando.

Nos banheiros havia perfumes de todo tipo para disfarçar o suor da dança. Nas mesas havia câmeras Polaroid para uso dos convidados. Na pista de dança havia orifícios minúsculos pelos quais saía um vapor de flores. À meia-noite, soltaram fogos de artifício que estamparam no céu o nome dos noivos; depois soltaram outros que diziam: *Just married*. Um trio cantou boleros, seguido de uma orquestra, e depois do jantar um DJ se juntou ao trio, inundando o ar perfumado e elegante da festa com seu reggaeton. A "Odi" era fanática. A Odi sacudia aquela bunda como uma cobra venenosa e, ainda assim, minha mãe e meu pai a contemplavam como os pastorinhos da Virgem de Fátima; a cada tanto deixavam escapar suspiros e se entreolhavam e assentiam com a cabeça, pensando consigo mesmos: nós nos demos bem. A Odina dizia a eles: mamãe isso, papai aquilo, e me chamava de maninha. Jogou o buquê direto para os meus braços, mas me inclinei para trás e ele caiu no chão. Houve dois segundos de perplexidade durante os quais todos esperaram que eu me abaixasse para pegá-lo. Eu dei as costas e me dirigi para a porta.

O Toño estava entrando naquele momento: ele tinha dito que não ia porque precisava trabalhar até tarde na papelaria. O tio lhe oferecera sociedade, grande coisa. Ele estava vestido, como os outros, de calça branca e camisa social colorida — azul-turquesa, no caso. Ele parecia um mafioso, com o cabelo cheio de gel e penteado para trás. Tinha deixado crescer um cavanhaque e, embora me abraçasse e me beijasse na bochecha, ainda me olhava com rancor. Eu lhe perguntei por que estava tão atrasado e ele disse: acabei de sair do trabalho e pensei, por que não ir dar um abraço no meu compadre? Agora eles eram "compadres", mas quando o Toño saía comigo, meu irmão o considerava um pobre-diabo, um simplório, um pobretão, um mendigo, um *fokin looser*, um zero à esquerda, um cara que nunca me daria o que eu merecia. E eu merecia o quê? Meu irmão enumerava coisas — coisas das quais eu já não conseguia me lembrar — enquanto eu ia traçando uma linha entre elas, costurando-as, desenhando no ar uma teia de aranha entrelaçada.

Você não vai entrar?, o Toño continuava na porta, olhando para mim. Lá de dentro vinha a voz do meu irmão, grave, quase rouca, cantava: *cantando quiero decirte lo que me gusta de ti*. Você perdeu a foto pro jornal, eu lhe disse. Ele não falou nada, mas cerrou os dentes.

O Julián tinha saído com a responsável pela coluna social do jornal e disse que ela lhe prometera meia página. Não era uma tarefa fácil, havia filas de pessoas esperando que seu rosto aparecesse no jornal.

Na noite do casamento, a foto foi esta: no meio, os namorados, de branco imaculado, exceto pelos lábios da Odi, vermelho vivo. Em seguida, as mulheres — duas mães e uma avó —, vetustas amazonas, seus vestidos de organza estampados com flores rústicas. Os dois pais, de camisa social colorida, uma delas verde-louro, a outra laranja brilhante. O padrinho, Julián, acompanhado como sempre pelos seus bíceps obscenos, que dessa vez enlaçavam uma magrela envelhecida, embrulhada em amarelo. As madrinhas: de um lado a tal Tanya, amiga da Odi, cubana candente e decotada, toda brilhosa; do outro lado eu, vestido preto luto, champanhe na mão, olhando para qualquer lugar que não fosse a lente. No jornal a foto era a mesma, mas em branco e preto. A influência do Julián não chegava até a página colorida. Vamos entrar, insistiu o Toño. Eu lhe dei as costas e acendi um cigarro. O som dos seus sapatos novos entrando na festa, se afastando de mim novamente, fez minha barriga doer de tristeza. Mas não por mim ou por ele, e sim pela praia de pescadores na qual transávamos, que agora era um hotel. E pelo terraço do hotel em que transávamos, que agora era um terreno baldio. Pelos anos passados. Depois daquela noite, não o vi mais. Ou sim, mas depois de muito tempo.

9

O Johnny conhecia um cara que contrabandeava mercadorias dos Estados Unidos para os países de baixo. Uma pessoa comprava o que fosse na Amazon e enviava para o endereço do cara nos Estados Unidos, e ele vinha com suas malas, como turista, e não declarava nada. Cobrava pelo peso da embalagem, não por volume, e isso, de acordo com o Johnny, era uma grande vantagem, mas eu não estava interessada. O cara era chamado de Papai Noel, porque contrabandeava, acima de tudo, brinquedos de Natal para as crianças, que eram mais baratos lá em cima. E agora esse mesmo sujeito que o Johnny conhecia tinha um novo negócio e era sobre isso que ele queria me falar: o cara se aluga como parente de mulheres grávidas, disse o Johnny. Não entendo uma coisa dessas, eu disse. Estávamos numa barraquinha em Kendall, comendo asinhas picantes. Meus dedos estavam cheios de molho vermelho e eu os chupava para que saísse.

O Johnny pediu mais duas cervejas. Não havia muita gente no local: o proprietário, que era um dominicano simpático; a filha dele, que estava usando uma saia de bolinhas muito pequena para sua idade e constituição; e um casalzinho, que se lambia como cães. Quando a filha nos trouxe as cervejas, o Johnny — depois de dar uma boa olhada na sainha — me explicou o negócio do cara: ele traz as mulheres pra dar à luz aqui, finge que é um tio ou um primo e as mantém na sua casa nos últimos três meses de gravidez, porque depois elas são proibidas de viajar. Ele consegue um médico amigo pra vê-las durante aquele tempo e depois as leva ao hospital pra dar à luz. E aí ele desaparece pra que não o associem àquilo. E por que isso?, perguntei. Por que será?, disse o Johnny: a criancinha nasce gringa e lá mesmo te dão a nacionalidade. E me deu uma piscadela. Desgraçado, disse-lhe. E ele: ai, não diga que o Johnny não te ama. Sentei no colo dele e o beijei com vontade: o Johnny me ama, sussurrei no seu ouvido. A menina de sainha nos observava de rabo de olho e enrolava uma mecha de cabelo no dedo indicador. Pedi o número do cara ao Johnny.

Quando voltei, encontrei o Gustavo sozinho, descascando camarão na sua bancada de trabalho. A brisa estava soprando muito forte, sacudia a lona. E a Olga? No mercado. Tá. Deitei na rede e depois de um tempo pensei em lhe perguntar pelos seus filhos. Que filhos? Você não tem filhos? Ele pensou um pouco e depois disse:

Na Bolívia, morei numa casa com treze pessoas, a dona era uma mulher chamada Rosita.

E a Rosita teve um filho seu?

Não. Naquela casa todas as noites alguém cozinhava e to-dos nós comíamos e cantávamos e alguns tiravam a roupa e se jogavam no chão pra dar uns amassos. Mas eu não. E a Rosita também não. A Rosita tirava a blusa e me fazia tocar seus seios e dizer a ela como me sentia. E eu sentia medo, mas nunca lhe disse isso.

E o que você disse?

Eu disse: seus seios parecem caracóis brancos.

Sei.

O cara que o Johnny conhecia se chamava Éver e era mais feio que o diabo. Ele pesava uns duzentos quilos e tinha o rosto cheio de manchas de vitiligo. Cobrava uma caralhada de dinheiro, mas era seguro, dizia ele, não como aqueles que te oferecem o *green card* e você acaba com um cartão da Blockbuster. Quanto você tem?, ele me perguntou. De dinheiro? Não, de gravidez. Menti para ele: pouco. Ele me disse para pensar direito e que qualquer coisa avisasse o Johnny. O cara falava comigo aos sussurros porque era um assunto delicado, dizia. Eu tinha que chegar mais perto dele na mesa e sentir seu hálito, que era o de alguém que tinha acabado de almoçar um monte de sardinhas. Quando ele finalmente terminou de falar, levantou seu corpo enorme e o arrastou até a porta do Denny's; estendeu os braços, se espreguiçando: as banhas se derramaram por cima do seu cinto. Eu pensei que não suportaria passar um dia do lado daquele cara. De qualquer forma, o plano estava além das minhas possibilidades. Não por causa da gravidez — um garotinho podia ser feito em qualquer banheiro de aeroporto —, mas pelo dinheiro; como sempre, o dinheiro.

Por que tão pensativa?, perguntou-me o comandante. Estávamos na sala da companhia aérea, esperando que terminassem de limpar o avião. Não é nada, eu disse a ele. A Susana não estava naquele dia, só as outras, e também a Flor, uma mulher feia, ressentida e macilenta. Tinha, inclusive, um problema para andar; ninguém entendia como ela podia ser aeromoça. E o comandante: você gostaria de ir tomar um drinque um dia desses? Ele me olhou nos olhos, mas porque eu estava sentada. A Flor pigarreou e saiu da salinha com os passos de uma garça aleijada. Pela janela, via-se um avião aterrissando, o céu resplandecia em tons de azul e roxo. Não sei, disse ao comandante sem desviar o olhar, pode ser.

10

Quem engravidou e deu à luz foi a Odina e, como meus pais não tinham o visto, meu irmão, a porto-riquenha e seu filho vieram assim que foi possível, para que eles conhecessem o neto. A Odina tinha engordado uns mil quilos, e continuava me chamando de maninha. A criança era igual a ela, chamava-se Simón. Eles dormiam no antigo quarto do meu irmão e o bebê no meu. Tinham pintado as paredes de azul e na mesinha de cabeceira havia uma grande cesta azul cheia de saquinhos de organza azul com uma bala azul que dizia no invólucro "*baby boy*". Era uma lembrancinha para quem ia visitar o bebê. Eu os vi no primeiro dia e depois dei no pé. Disse que tinha dois voos consecutivos e uma longa escala em Seattle. Acho que ninguém me ouviu.

Eu nunca tinha voado para Seattle. Eu nunca tinha voado para outro lugar dos Estados Unidos que não fosse Miami. Mas eu conhecia aquele país de cor graças à música do Pato Banton, "Go Pato". Às vezes, recitava os estados no banho. Quando cheguei ao apartamento, liguei para a companhia aérea e perguntei se eles não precisavam de pessoal de reserva. Estamos com o quadro completo, me disseram. E eu me tranquei em casa: cinquenta e quatro, cinquenta e três, cinquenta e dois, cinquenta e um... O teto do apartamento tinha rachaduras. A Milagros tinha um namorado francês. O comandante estava me ligando muito ultimamente, tínhamos saído uma vez, sem muito sucesso. O comandante era do interior do país, e eu não gostava nada dessa gente porque eles falavam devagar e eram superformais. Mas eram dias difíceis e eu liguei para ele: marcamos num lugarzinho italiano, no Centro.

A estética latino-americana é a estética do clichê, o cara me disse no meio do jantar, depois que eu contei a história do meu irmão, o casamento com câmeras nas mesas e as luzinhas brancas e os perfumes no banheiro e o "*baby boy*". Achei que foi um comentário inteligente e pensei que seria ótimo para o meu futuro filho: primeiro, um bom conjunto de neurônios e, segundo, tolerância às alturas. Naquela noite ficamos na casa dele, um apartamento em El Laguito que dava para a baía, com vista panorâmica. Era lindo, mas continuava sendo no país.

O comandante estava genuinamente maravilhado com minha bunda: é mais linda do que eu imaginava, disse ele.

Mas não me engravidou. Nem naquela vez nem em todas as que se seguiram. Fui ao ginecologista para ver se eu tinha algum problema. Eu era perfeita, o problema devia ser com ele. Ia ser difícil lhe perguntar, o cara achava que eu estava tomando anticoncepcionais.

Você tem filhos?, perguntei a ele uma tarde na cama, fumando um cigarro virada para a baía. Eles já tinham acendido o farol, a luz girava e passava por cima de nós, como pinceladas num mural. Gostei daquele momento. Quis que ele não me respondesse, mas era tarde. O comandante não tinha filhos. E você gostaria, em algum momento...?, no meio da pergunta eu já havia me arrependido. Anos atrás, disse o comandante, fiz uma vasectomia por motivos médicos. Motivos médicos! Eu me senti traída, considerada estúpida. O comandante me olhou perplexo. Eu me vesti e fui embora.

Caminhei pelo calçadão, primeiro contornando a baía, depois o mar, depois os diques, depois uma montanha de escombros numa praia vazia. Lá, me sentei e chorei. A tarde estava toda vermelha, era o céu mais lindo que eu já tinha visto em anos. Da janela do comandante, devia ser um espetáculo. Procurei um orelhão e liguei para ele. Não atendeu. Voltei a ligar e nada. Peguei um táxi e fui para a minha casa. O letreiro luminoso do frango frito tinha queimado. E voltou a chover: numa cidadezinha perto do rio Magdalena, até os cães se afogaram. Num vilarejo próximo ao pântano de la Virgen, quatro crianças e uma professora morreram: ficaram presos num Centro de Assistência do Bem-Estar da Família que foi levado pela correnteza. No rádio, voltaram a falar do Emissário Submarino: uma empresa holandesa ia começar a construí-lo. O governo fez uma licitação da obra entre empresas estrangeiras porque as daqui já haviam roubado o dinheiro três vezes. Mas os holandeses não roubavam.

O Johnny me mandou um e-mail: Estou com saudades, baby. E outro: I miss u, beibi.

Pensei em visitar o Gustavo. A última vez tinha sido uns seis meses atrás, num dia de sol resplandecente. E foi assim: Eu me sentei na bancada de trabalho e o cheiro de peixe me deu enjoo. Sugeri que fôssemos dar um passeio, para respirar outro ar. Enquanto caminhávamos, ele me disse que a Olga tinha ido embora: a irmã havia mandado buscá-la da Venezuela. Eu achava incrível que as pessoas fossem para a Venezuela. Até a Olga, que era uma miserável, podia aspirar a algo melhor do que ir para a Venezuela. Até ficar aqui era melhor. Caminhamos ao longo da praia por horas e no fim nos sentamos numa canoa apodrecida cheia de caranguejos. Fiquei com sede, perguntei a ele pelo Willy. Ele morreu, disse o Gustavo. De quê? Ele deu de ombros. E a Brígida? Ela morreu. Mentiroso. Não sei da Brígida, disse ele depois. E do Willy? Também não.

Dessa vez, trouxe para ele um guarda-chuva e um pequeno mercado de vícios: cigarros, cerveja, rum, um pouco de maconha. Ele fez um cigarro, serviu dois runs. Estava de calças compridas, eu não conseguia me lembrar de já tê-lo visto de calças compridas. Estava ficando careca. Estava velho. A chuva não me deixa trabalhar, ele reclamou e apontou para o mar que estava bravo. Nem a mim, eu disse e olhei para as nuvens. O tanque do Gustavo tinha apodrecido, havia peixes mortos na superfície. Os animais maiores também deviam estar mortos lá no fundo. A lona da cobertura estava rasgada em vários lugares e a água entrava aos jorros. O lugar mais seco era o sofá de dois lugares de madeira, embora também estivesse úmido. A água e a madeira não são boas amigas, eu disse para o Gustavo. E nos sentamos.

Conta uma história pra mim.

Eu já te contei todas.

Conta uma história em que eu apareço.

O Gustavo respirou fundo e balançou a cabeça: é uma história triste.

Não tem importância.

Eu me encolhi ao lado dele. Recostei a cabeça no seu colo esquelético e fedorento. Ele acariciou meu cabelo:

Era uma vez uma princesa doce e boa, que tinha um único defeito: não sabia distinguir o bom do mau, o belo do horrendo, o diabólico do celestial, o perverso do imaculado...

Adormeci.

11

O próximo voo para Miami foi um suplício. E os seguintes. O comandante me evitava e agora parecia mais interessado na Susana que, como não tinha bunda, começara a usar um *push-up bra* bastante provocador. Eu não dava a mínima porque eu tinha meu Johnny, que estava cada dia mais solícito e carinhoso: havia me dado um notebook para que pudéssemos conversar. Eu lhe contava coisas sobre a cidade: que no Centro estavam construindo palacetes e a cidade estava se enchendo de gente famosa, que já tinham casa lá o Julio Iglesias, a Caroline de Mônaco, o Mick Jagger, a Lady Gaga. O Johnny não parecia muito impressionado. Tudo que o Johnny queria era que eu ligasse a câmera e falasse sacanagens enquanto me masturbava. E eu fazia isso, mas nem sempre. Imaginava: um dia o Johnny vai pensar direito, vai saber o que fazer.

O Johnny se tornou esporádico.

A última vez que o vi, ele me levou à mesma espelunca das *buffalo wings* em Kendall, e estava disperso, calado, de olho na putinha dominicana, que de um dia para o outro tinha criado uns quadris de matrona. Lá pelas tantas, chegou uma mulher bem vestida que se deteve na porta e examinou o lugar com um olhar bem arrogante. O Johnny disse: ela não acha limpo o suficiente para colocar aqui sua bunda desidratada. Soou amargo e ressentido. Então ficou em silêncio novamente. Qual é o problema?, perguntei-lhe. E ele me disse que não era nada. Fomos a um motel, transamos, ele acendeu um cigarro e continuou mudo. Liguei a televisão, não dava para ver nada, estava quebrada. No voo de volta, a Susana me evitou. Eu lhe disse: o Johnny vai me pedir em casamento. E ela: que bom! Mas soou falsa. Então, um dia o Johnny me deixou esperando no saguão do hotel. Eu estava vestida para ir dançar salsa: rabo de cavalo, calças brilhantes, pulseiras de metal que tilintavam. De repente, me senti ridícula. Liguei para ele, para o telefone da casa dele, a mulher atendeu, e eu nem tinha acabado de perguntar por ele quando ela já estava gritando: *holly shit, you fokin puta!* E depois ameaçou que ia me dar três tiros na fuça. Houve uma pausa na qual, achei, ela estava tomando fôlego para continuar me insultando, e aproveitei para lhe dizer: olhe, dona, é que o Johnny me engravidou. E desliguei.

O regresso foi muito triste. Quando entrei no apartamento, desmoronei; me joguei no sofá da sala e fiquei olhando pela janela, para a placa do frango, até que ela acendeu. Não comi, não fui ao banheiro, só fiquei pensando no Johnny e olhando para o vidro sujo da janela. Dezenove, dezoito, dezessete, dezesseis...

O Johnny não apareceu no chat. Eu lhe mandei trezentos e dezessete e-mails. Nada. Não soube mais nada dele. E com o tempo a tristeza passou, mas fiquei cheia de pena. Primeiro dele, porque deve ter perdido tudo: o carro, o seguro-desemprego, a esposa equatoriana, os passes VIP, a dignidade. Depois, de mim: porque tinha perdido os passeios por Miami, a lagosta e o champanhe, os pores do sol na

Mallory Square, a vida boa à qual o Johnny tinha me acostumado. E depois, de mim, outra vez de mim, muitas vezes ao longo da vida, cada vez que voltei a perder alguém com quem eu nem me importava.

12

Uma vez, tirei férias e não sabia para onde ir. Fui obrigada a tirar férias porque, de acordo com minha chefe, eu nunca tinha tirado e precisava tirar. Por quê? Porque é uma nova política. Para mim, pareceu uma nova política equivocada e eu lhe disse isso, mas ela me ignorou. Era uma companhia aérea muito pequena e eles estavam tentando subir de categoria, conseguir mais rotas. Naqueles dias de folga, visitei minha mãe e a primeira coisa que ela fez foi me mostrar as fotos de um menino de uns três, quatro anos, vestido de caubói, vestido de Snoopy e vestido de Tarzan. Quem é?, perguntei a ela. Quem? Esse menino. Ela me olhou furiosa: o Simón! Eu não sabia o que dizer. Enquanto minha mãe resmungava, descobri que ela tinha ficado velha: estava com os cabelos grisalhos e cheia de rugas; as mãos sepultadas sob umas veias verdes intumescidas. Ela viu que eu reparei nisso porque disse do nada: eu retenho líquidos, mas você não retém nem a cara do seu sobrinho.

Fiquei para comer.

Meu pai, agora sim, havia abandonado completamente o negócio dos táxis, mas não tinha parado de reclamar: ninguém cuida do que não é seu.

Chegou uma carta pra você, minha mãe me disse. Quando? Ela estreitou os olhos e disse que fazia mais de um ano. E por que você não me falou? Não tenho seu telefone. É claro que tem. Ela sacudiu a mão: bah! Voltei para o apartamento à meia-noite, abri as janelas, fazia calor. Entrou uma brisa com cheiro de lama. A carta era da Maritza Caballero, minha amiga da adolescência. Dizia que não sabia de mim fazia muito tempo e, como a única coisa que tinha era aquele endereço, arriscara escrever para mim, embora achasse que eu não devia mais morar lá. Durante um tempo havíamos enviado cartas uma à outra, mas em algum momento parei de responder. Fiquei de saco cheio. De acordo com o que ela me contava, Medellín era uma porcaria de cidade. Nem quente nem fria, nem bonita nem feia, nem rica nem pobre. Medellín não era nada. De qualquer forma, ela não morava mais em Medellín, e sim no Panamá. Seu pai havia sido transferido para o Peru muitos anos atrás, ela foi e voltou várias vezes e agora havia se estabelecido no Panamá com seu marido, que trabalhava no canal, e os filhos. Com a carta ela mandava uma foto dela, que era igual a ela, mas com pés de galinha, e um cara do seu lado, e uma menina e um menino sentados aos seus pés, como animais de estimação. Seu telefone, caso alguma vez eu fosse ao Panamá, era... Amassei a carta. Arremessei-a mirando o bico do frango frito, mas não chegou. Caiu no meio da rua.

Acendi um cigarro.

Não fui ver o Gustavo porque não estava com vontade. Não fui a lugar nenhum. Liguei para o comandante, ele não atendeu. Voltei a ligar e uma mulher atendeu: Alô? Susana? Quem é? Desliguei. Mas não era a Susana, a mulher tinha um sotaque estranho.

Na sexta-feira, a Milagros me convidou para ir com eles para as ilhas. Seu namorado francês e alguns amigos tinham alugado umas cabanas. Fui me depilar, fiz a mala e esperei com a Milagros que viessem nos buscar. Veio um carro com motorista que nos deixou no cais e então chegou uma lancha cheia de estrangeiros e prostitutas. Olhei para a Milagros, ela deu de ombros: e o que você esperava? Pensei dois, três segundos: não esperava nada. Subimos. Um francês sentou-se ao meu lado e me perguntou se eu tinha ajustado bem o colete salva-vidas. Eu disse *oui*. Quando chegamos à praia, havia um bufê de sucos e bebidas. O que você quer?, me perguntou o francês. Negroni. Ele olhou para a mesa: acho que não tem. Cuba libre, eu disse. Ele assentiu e foi atrás de gelo. Estávamos numa espelunca cheia de espreguiçadeiras de vime. Alguns já tinham ido para a praia com suas putas, a Milagros e o namorado tinham entrado numa cabana, aos beijos. Restavam dois franceses que estavam passando a mão numa menina que não devia ter nem dezoito anos. Ela ria, parecia nervosa, mas disfarçava bem.

Meu francês voltou com as bebidas, sentamos numa espreguiçadeira e ele passou o braço em volta dos meus ombros. Era macio, verde e frio como um sapo. Eu tirei o braço dele e disse: eu sou cara. Muito cara? Sim. Não me importo. O.k.: mostrei-lhe a palma da mão.

Voltamos na segunda-feira, com muita ressaca. Ainda me restava uma semana de férias e eu não sabia mais o que fazer. Gastar o dinheiro do francês, mas em quê, onde? Seria bom se eu tivesse me alugado para um cara que me fodesse bem. Liguei para o comandante, a mesma mulher atendeu. Desliguei. Não é que o comandante também trepasse tão bem. Então liguei para o Toño, a mãe dele me disse que ele tinha se mudado anos atrás e, depois de insistir, ela me deu o número do seu celular. Alô?, ele atendeu. Sinto sua falta, disse a ele. Ele ficou mudo e depois disse: eu não sinto. Comprei um presente pra você. O quê? Você vai gostar. Eu não quero. Tem certeza? O que é? Uma surpresa: se você vier eu te dou, se não, você nunca vai saber. Não sei... Venha. Eu me casei. Não tem importância. Pra mim tem. Eu te espero em uma hora.

Comprei um perfume da Calvin Klein para ele. E o Toño ficou comigo o resto da semana.

13

O Simón ficou doente e meus pais, como não tinham o visto, me pediram para ir vê-lo. Eles me imploraram. Foram ao meu apartamento pela primeira vez na vida e imploraram. Eu disse: agora minhas férias acabaram. E eles: é uma emergência familiar, nunca te pedimos nada, ele é nosso único neto. Minha chefe franziu os lábios: suas férias não foram o bastante? É uma emergência familiar, nunca lhe pedi nada, ele é meu único sobrinho. Ela me deu uma licença não remunerada de dez dias.

Minha mãe tinha ficado obcecada pensando que Deus estava lhe punindo pelo que acontecera com o filho da Xenaida e mandou fazer uma mistureba com uma "especialista" que minha tia conhecia; deu-me num frasco para que eu esfregasse no peito do menino. Cheirava a rato morto: fiquei com nojo, esvaziei tudo no banheiro e joguei o frasco no lixo. Lavei bem as mãos e passei o antibactericida da Victoria's Secret que a companhia aérea tinha nos dado no Natal.

Antes de ir, passei pelo barraco do Gustavo. Não chovia, mas ele não estava pescando. Ele não pescava havia dias porque uma das suas pernas doía e o osso estava frio, me disse. Eu disse a ele que estava indo para Los Angeles e talvez ficasse por lá. Que se meu irmão insinuasse algo nesse sentido, eu ficaria. Por que não? Talvez eu conhecesse alguém lá. Alguém que me desse o que eu merecia. O Gustavo perguntou o que eu merecia. Eu o encarei: os cabelos brancos tinham virado uma esponja de bombril; a pele, um tecido muito fino e drapeado. Quantos anos o Gustavo tinha? Mil? Nunca lhe perguntei isso. Dei de ombros. Ele serviu dois copinhos de rum. Ainda havia um restinho na garrafa. Ele me deu um, levantou o seu para o alto, olhando para o mar:

We'll always have this view, kid.

Levantei o copinho, tomei de um trago: adeus.

Em Los Angeles também chovia e isso era uma raridade, um milagre, segundo a Odina. E se eu não tinha assistido *Chinatown*. Não. Pois é assim mesmo, disse ela, aqui é seco como um calcário.

Pois não parecia.

Chovia muito, mas ali ninguém se afogava: muito menos os cachorros, que eram vestidos como crianças com suas capas de chuva. A Odina fazia turnos longos no hospital e, quando voltava para casa, reclamava que seus pés inchavam muito. Então ela se olhava no espelho: *sou uma fokin whale!*, gritava ela, irritada, não se sabia com quem. Eu olhava para o outro lado, dava uma de distraída. Meu irmão trabalhava como motorista de um caminhão de entrega. Entrega de quê? De frutas, vegetais, produtos de hortas locais. *Eat local, stay local*, dizia no bolso da sua camisa cinza. E o Julián?, perguntei uma noite. Meu irmão zapeava na TV. A Odina estava no plantão; o Simón, dormindo. Ele não sabia nada do Julián. E o Rafa? Que Rafa? Aquele amigo que... Mas ele estava hipnotizado pela tela, passava um jogo de beisebol. Seus abdominais perfeitos tinham ficado enterrados sob uma grande barriga. Devia ser toda a cerveja que ele bebia. Devia ser o casamento. Que fim será que levou o filho da Xenaida?, perguntei depois de um tempo. Meu irmão não respondeu, talvez ele não tenha me ouvido, talvez não se importasse.

Quem tomava conta do Simón era uma mocinha que vivia mascando chicletes e ouvindo música com uns fones de ouvido enormes, sem fio. A casa era de madeira, como as dos filmes. Era confortável, mas nenhum palácio. Por outro lado, havia eletrodomésticos por toda parte e a geladeira transbordava de comida. Toda aquela comida parecia apetitosa e suculenta, mas no fim não tinha gosto de nada. *Macaroni and cheese?* Pura lorota. Los Angeles era um *bluff*. Não se chegava a lugar algum caminhando. Nem sozinho. Eu passava o dia inteiro sentada na varanda, pensando que definitivamente nunca iria a lugar nenhum, que estava condenada a sair e voltar e sair e voltar, e isso era o mesmo que nunca ter partido. Não, era pior. Como a mulher daquela história do Gustavo que abria uma porta, entrava na sua casa, matava os filhos e saía, mas não para a rua, novamente para a sua casa, e matava os filhos e saía de volta para a sua casa, e assim todas as vezes. Era a pior história que ele já me contara. Naquela época, em Los Angeles, pensei que talvez tivesse chegado o momento de inventar minha própria fórmula para fugir, para matar minha autoconsciência com um frasco de comprimidos.

A rua molhada parece um espelho, me disse uma tarde meu sobrinho Simón, sentado ao meu lado na varanda, com as costas encurvadas, vendo a chuva na rua. A água caía sem fazer barulho, porque aquela rua era tão lisa quanto uma pista de patinação.

Um dia, todos nós entramos no caminhão do meu irmão e fomos até o Universal Studios. Ficamos vendo de fora porque era caro entrar. A Odina nem saiu para a calçada porque seus pés estavam doendo.

Você nunca vai pra escola?, perguntei uma manhã ao meu sobrinho, na varanda. Ele negou com a cabeça.

Por quê?

Porque estou doente.

Pensei na mistureba da minha mãe. Fiquei me perguntando de que será que era feita.

Quantos anos você tem?

Cinco.

Mas parecia ter cinquenta, com aquela cara tão séria.

E do que você está doente?

De asma: ele me mostrou seu inalador.

Isso não é desculpa pra faltar às aulas, não, senhor, eu lhe disse, e ele olhou para mim com olhos gigantes, como duas bolas pretas de bilhar.

Naquela tarde, tomamos um milkshake de morango e comemos uns pasteizinhos de goiaba que a avó materna tinha mandado de Porto Rico. Naquela tarde, o Simón me disse que tinha medo de aranhas. Eu lhe contei uma história:

Era uma vez um rei...

Como ele se chamava?

Gustavo. Era um rei sábio que trocou seu reino por um barraco de frente pro mar.

Que mar?

O mar do Caribe, você não pode ver daqui. No seu reino, ele tinha riquezas e uma mulher virgem pra cada noite...

Pra quê?

Pra cada noite.

E depois eu não soube como continuar, porque não conhecia aquela história nem qualquer outra, e o Simón olhava para mim com expectativa: e o que aconteceu depois? Nada. Nada?

Comecei de novo:

Era uma vez um rosto...

Um rosto? O Simón ria. Fazia uns ruídos agudos, o tilintar de um sininho.

Um rosto com olhos grandes, como duas bolas pretas de bilhar.

Em cima do rosto havia cabelo e embaixo um pescoço, e mais embaixo um corpo pequenininho que gostava de se encurvar. E tudo isso junto formava uma criança.

Qual era o nome do menino?, o Simón olhava para mim como se aquela fosse uma grande história. O riso contido, o sorriso suspenso, a respiração agitada.

Seu nome era Simón, e pra dormir ele contava ovelhas ao contrário.

Ao contrário, de cabeça pra baixo?

Não, ao contrário assim: cem ovelhinhas, noventa e nove ovelhinhas, noventa e oito...

Ele não sabia contar?

Sim, mas contava de forma diferente.

Por quê?

Não sei.

14

Voltei de Los Angeles no último voo. As lojas do aeroporto já estavam fechadas; os táxis se encheram muito rápido de turistas vindos de Miami, onde fiz a conexão. Fui andando até o apartamento que ficava a seis quarteirões, arrastei a mala pesada e, quando cheguei, me sentei na mureta do prédio. Acendi um cigarro. Levantei o rosto para esticar o pescoço e a placa do frango frito me iluminou. O bico finalmente tinha sido consertado.

Subi. A Milagros estava com o namorado francês, dizia uma mensagem na secretária eletrônica. O namorado francês estava hospedado num hotel boutique no centro, um palacete colonial com poucos quartos... Se não for assim, a gente não tem oportunidade de conhecer esses lugares, a Milagros disse, num tom jocoso, antes de desligar. Abri uma cerveja e me aproximei da janela, não havia brisa. Depois vi um filme sobre uma mulher que fazia sucesso em Nova York como bartender.

De madrugada, meu celular tocou. Alô. Era do hospital: o Gustavo tinha caído e deslocado o quadril, teria que usar muletas por um tempo; alguém precisava ajudá-lo, levá-lo para casa, dar-lhe banho, alimentá-lo. Mas eu não sou da família, eu disse. Você conhece alguém da família? Não, estão mortos, foram lançados ao mar. Como?, disse a enfermeira. Não conheço ninguém da família. Vamos declará-lo como indigente. O.k.

Mas pela manhã liguei para a companhia aérea, eles prorrogaram a licença e eu fui para o hospital. A enfermeira preencheu um formulário que eu tive de assinar para que lhe dessem alta: nome e sobrenome? Maritza Caballero. Parentesco? Filha. E o levei para o seu barraco.

Eu tinha trazido um boné dos Los Angeles Lakers para o Gustavo. Enfiei na cabeça dele. Disse que ficaria ali para cuidar dele, ele não respondeu nem sim, nem não. Olhava para longe, como se estivesse perdido. Não disse nada até a hora de comer: você gosta de cravo-de-cheiro? E eu: nem tanto. Aqui se come muito cravo-de-cheiro, e ele se arrastou até a cozinha minúscula, pegou algumas coisas da geladeira, se pôs a cozinhar.

Os dias que se seguiram foram assim:

O Gustavo se levantava às cinco, quando ainda estava escuro. Punha o boné, pegava as muletas e abria de um golpe as portas do barracão; entrava um cheiro de sal e peixes mortos que nos primeiros dias eu achava intolerável. Depois me acostumei. De qualquer forma, eu disse a ele que mandasse esvaziar aquele tanque, por que ele o queria, ali não se criava mais nada além de fungos, girinos, mofo, podridão. E aquele peixe sem forma com uma grande protuberância na cabeça. Era um peixe mutante, um monstro marinho capaz de sobreviver naquela água negra e comer as sobras de comida que o Gustavo jogava para ele.

Certa manhã, acordei e o peixe havia se transformado em porco. Não é um porco, dizia o Gustavo. Mas parecia. O peixe era uma enorme bola de carne rosada que abria a boca quando alguém se aproximava, como se estivesse bocejando.

O Gustavo e eu comíamos embaixo da cobertura de lona. O Gustavo tinha deixado de usar as muletas depois de três dias, e voltara a pescar. O boné, ainda continuava usando. Eu o acompanhava porque para ele era difícil andar, se movimentar com fluidez e flexibilidade, era como se lhe faltasse óleo nas dobradiças. Saíamos às sete num barco decrépito que se chamava *Tudo é para você*. Por que se chama assim?, perguntei a ele. Porque é o certo. Pescávamos pouco, mas não importava, porque o Gustavo não tinha mais clientes. À tarde, quando o sol baixava, eu o deixava limpando os peixes e ia andar na praia, deitar de costas na areia, olhando para o céu.

Para cima, para baixo, para cima, para baixo: eu me masturbava pensando no Toño. E na mulher do Toño. E nos filhos dos seus filhos e nos netos dos seus netos. Em toda aquela gente sem salvação.

Depois voltava e o Gustavo tinha preparado algum cozido picante e enjoativo; comíamos um pouco, o resto eu jogava no tanque para o peixe porco, e então acendíamos um baseado. Íamos para a rede e observávamos como o céu ia se tornando escuro e se preenchendo de estrelas, a lua, umas poucas nuvens. O Gustavo me contava histórias que eu já sabia, às vezes contava errado e eu tinha que corrigi-lo. Às vezes, ele inventava trechos novos, absurdos, sem continuidade. E eu o deixava continuar. Até que um dia parei de escutá-lo. Foi fácil, em vez de ouvir sua voz juntando frases pomposas, ouvia o som das ondas e do vento: um lamento frio e afilado que depois de um tempo se tornava um murmúrio ensurdecedor. Então eu me concentrava no horizonte, que naquele momento estava vazio.

Este livro foi composto em Lora no papel
Pólen Bold para a Editora Moinhos enquanto
Hurt, de Arlo Parkss, tocava.

*

Era outubro de 2022, o Brasil estava prestes
a conhecer o seu futuro presidente.